诺奖童书

我的小狗

〔英〕高尔斯华绥 / 著
〔英〕莫德 · 厄尔 / 绘
吴晓妹 / 译

人民文学出版社

图书在版编目（CIP）数据

我的小狗 /（英）高尔斯华绥著；吴晓妹译．
—北京：人民文学出版社，2015
（诺奖童书）
ISBN 978-7-02-011220-3

Ⅰ．①我… Ⅱ．①高… ②吴… Ⅲ．①儿童文学
–纪实文学—英国—现代 Ⅳ．① I561.859

中国版本图书馆 CIP 数据核字 (2015) 第 264884 号

责任编辑：甘　慧　尚　飞
装帧设计：李　佳

我的小狗
〔英〕高尔斯华绥 著　吴晓妹 译

出版发行　人民文学出版社
社　　址　北京市朝内大街 166 号
邮政编码　100705
网　　址　http://www.rw-cn.com
印　　刷　山东临沂新华印刷物流集团
开　　本　890mm × 1240mm　1/32
印　　张　2.875
字　　数　50 千字
版　　次　2016 年 4 月第 1 版
印　　次　2016 年 4 月第 1 次印刷
书　　号　978-7-02-011220-3
定　　价　20.00 元

献给

约翰·沃勒·希尔斯

那是二月间一个平淡而乏味的日子。我们动身赶往滑铁卢车站[1]，去迎接他的到来——他妈妈曾在我身边待过，我知道她是急脾气，因此，也大概知道即将到来的他可能是什么情况。不过，对我妻子而言，则是全然不知。我俩站在那儿，一边等待（来自索尔兹伯里[2]的那趟火车晚点了），一边揣测：命运之神会在我们生命的纱布中织入一根怎样的新线？我们温情充盈的内心也有点儿焦虑和担忧。我想，我们的担心主要是，他的

1. 滑铁卢车站（Waterloo Station），英国伦敦一重要铁路与交通转运复合车站，最早于1848年7月通车。
2. 索尔兹伯里（Salisbury），英格兰南部威尔特郡一小城，具有中世纪风貌。

眼睛会不会是淡色的——会不会是长着中国式黄眼睛的普通花毛犬？火车到达的时间每延迟一分钟，我们的焦虑和同情便增添一分：这个黑色的小家伙才两个月大，这可是他人生的第一次远行，是他第一次与妈妈分离！火车终于进站了，我们赶紧上去找他。“您这儿是不是有一只小狗，我们的狗？”

“小狗！这节车厢没有。去车尾问一下吧。”

“您这儿有没有一只我们的小狗？”

“没错啊，从索尔兹伯里来的。先生，你的小野兽，给你！”

我们看到，在板条箱的后面有一个长长的、黑色的鼻子正朝我们这边伸着，与此同时，听到一声微弱而沙哑的呜咽。

我记得自己当时的第一个想法是：

“他的鼻子是不是有点儿太长了？”

不过，我妻子第一眼见到他心就软了。他的双眼哭肿了，小小的身子被困在各种物品中间，看不到外面的世界。我们把他抱出来——软绵绵、晃悠悠、泪汪汪的；又将他放到地上，然后打量着他：他的四条腿还有点不太协调。应该说，是我妻子在打量他，

诺奖童书

先生，你的小野兽，给你！

"Here's your wild beast, Sir!"

我们把他抱出来——软绵绵、晃悠悠、泪汪汪的

"We took him out — soft, wobbly, tearful;"

她把脑袋偏向一侧，脸上的微笑略显紧张；而我则是在打量她，因为我知道我可以借此获得有关他的更真切的印象。

他靠在我们腿边兜了几圈，尾巴不摇摆，也不拿舌头舔舐我们的手；过了一会儿，他抬起头，望着我们。我妻子说：“他真是个天使！”

对此，我可没有把握。他看上去傻乎乎的，根本就看不见他的眼睛，脑袋、身子和腿之间几乎没有衔接。他的耳朵特别长，跟他那可怜的鼻子一般长；他一身黑毛，隐约可见胸口有一块白斑，记得他妈妈的胸口也长着同样的一块白斑。

我们抱起他，带着他上了四轮马车，又为他摘下了口套。他那双深棕色的小眼睛执意盯着远处。为讨他欢心，我们特意带来了饼干，可他连嗅都不肯嗅一下。由此可见，迄今为止，他的生命中还没有出现过人，那里出现过的只有一个妈妈、一间小木棚和四个与他同样软绵绵、晃悠悠、傻乎乎的黑色小天使，他们曾互相嗅闻，互相温暖，也嗅闻身旁的刨木花。想到他会将纯净无瑕的爱交付于我们，心里确乎美滋滋的，当然啰，那还得看他是否愿意交付。万一人家不喜欢我们呢！

就在那一刻，必定有什么东西触动了他的内心。他仰起浮肿的鼻子，抬起双眼望着我的妻子；过了一会儿，他又拿干涩的粉红色舌头在我的拇指上触碰了一下。他那眼神，那下意识的不安的舔舐，表明他是在竭力忘却生活中的不快，并努力让自己接受眼前这两个拿爪子安抚他、身上散发出怪异气味的陌生生物，他们将成为他的新妈妈。不过，

四个与他同样软绵绵、晃悠悠、傻乎乎的黑色小天使

"Four other soft, wobbly, black, hammer-headed angels,"

我敢肯定，他始终都很清楚：这些生物体型更大，他们将终其一生、不容置疑地成为他的家人。生平第一次，这种被人拥有、或许（谁知道呢？）拥有他人的感觉在他的内心激起了涟漪。从此，原先那个懵懵懂懂的小家伙不复存在了。

快到目的地了，我们提前下了马车并打发车夫离开。用不了多久，他就会熟悉伦敦这一片区域的气息及路况，他一生的大部分时间都将在这里度过。直到现在，我依然记得他第一回在那条宽阔而荒僻的街道上踉跄奔跑的模样，记得他每过一会儿就会突然坐下去查看一下自己的四肢，也记得他常常会跟不上我们的脚步。就是那一次，他还向我们充分地展示了日后将带来诸多不便的——虽说也许是惹人怜爱的——一个特征：一听到呼唤或口哨声，他就会朝完全相反的方向望去。他的有生之年中，这种事曾发生过多少回：只要我吹响口哨，他就会立马行动起来，将尾巴对着我，然后，一边伸出长鼻子左右探索，一边开始往地平线的方向慢跑而去！

万幸的是，那第一次的蹓跶，一路上我

们仅仅遭遇了一辆车，那是一辆送啤酒的马车。关键时刻，他的抉择是关注生命中更为重要的事情：安静地在马蹄前坐定，没人动手决不离开。打一开始，他就展示了自己的尊严，而且由于他身子的中段特别颀长，将他弄走还真是费了不少的劲。

不知道在第一次嗅闻地毯的时候，他那小小的心灵里生出了怎样新奇的感觉？然而，那一天，所有的一切对他都是无比新奇——我估计，他那天的感受或许与我头一回去私立学校时的感觉差不太多。那天，我在读《祖

一听到呼唤或哨音，他就会朝完全相反的方向望去

"At any call or whistle he would look in precisely the opposite direction."

诺奖童书

把我的后背烤得热烘烘的

"Keeping me too warm down my back."

父的故事》，而父亲的代理人一边喝着雪利酒一边不停地咏唱赞美诗，令我心烦意乱。

那天夜里，事实上，是连续好几个夜晚，他都睡在我身边，把我的后背焐得热烘烘的。他在睡梦中发出古怪的呜咽，时不时地把我从梦中惊醒。其实，终其一生，他在睡梦中都极不老实，不是跟同伴打架、遭遇鬼怪，就是追赶兔子、扔掷树枝。我一直无法确定，当他的四只黑脚在睡梦中开始抽搐、颤动的时候，我究竟是否该将他唤醒。他的梦境与我们的一样，有美梦也有噩梦；有时开心快乐，有时凄惨悲伤，以致恸哭流涕。

某一天，我们发现他的身体竟是一处极佳的小型聚居地，那儿定居着某种我从未见识过的生物种群。从此，他便与我分床而睡。此后，他有过许多处床铺，命中注定他的生活就该四处游动，由此，我发现了他对待住所与财物是多么的达观与淡然，这让他大大有别于他的大部分同类。打小他就认识到，对于一只长着柔软的长耳朵、羽状的尾巴和高贵的头颅的黑狗来说，只要离开那些身上散发出独特气味的家伙，家就根本不存在了。

那些家伙可以随心所欲地给他改名，在造物主所创造的所有生灵中，唯有他们享有特权，可以用拖鞋抽打他。只要是在他们的房间，让他睡哪个角落都无所谓，就算在房间外面也没关系，但必须紧靠房间，因为他自有他的原则：不在他嗅觉范围以内的便是不存在的。多么希望我能再次听到房门下面传来他熟悉的“呼哧”声，那是他伸出柔软的舌头发出的嗅闻声！从前，他每天早上都是拿这种嗅声自娱自乐，以抚慰自己的心灵。随着年岁的日渐增长，他对与家人是否保持亲近也变得日渐敏感，愈加在意了！因为，他就是一只死脑筋的狗，印在心里的东西便再也抹不掉了，这就如同他对猫咪的那份心意。不知怎么的，他对猫的确有一种反常的偏爱，正是这份感情给他招来了人生中第一个灾难性的时刻。他只是去厨房小转了一圈，可是当他被抱回楼上时，一只眼睛睁不开了，一边的脸颊也被抓破了。可怜的狗狗，他真不明白为什么会这样！眼睛上边那道锯齿状的抓痕，他一直带进了坟墓。就是因为担心这样的悲剧重演，我们让他接受了训练：一听

Maud Earl.

在造物主所创造的所有生灵中，唯有他们享有特权，可以用拖鞋抽打他

"And alone of all created things were privileged to Smack him with a Slipper."

到“猫”这个词，就要发出一声特别的“托－啰－啰”的叫声，同时飞身向前冲去，这一招专门针对猫，对其他的任何生物，他从不使用。他的心底始终抱着一种愿望，希望可以接近猫，但他再也没有尝试；我们知道，即使想付诸行动，他一定只是站在那儿摆摆尾巴。不过，我还记得很清楚，有一回他有过类似的行动，当他一副神气活现的样子回来时，我妻子用无比亲昵的声音嘀咕了一句：“哦，亲爱的，你是去花园追杀猫咪了吗？”这话可真把一位爱猫的朋友惊得不轻。

我的小狗

"I wish I could hear again those long rubber-lipped snufflings of recognition underneath the door."

多么希望我能再次听到房门下面传来他熟悉的"呼哧"声，那是他伸出柔软的舌头发出的嗅闻声他眼睛和鼻子的形状可谓无可挑剔。说实在的，在某一点上，他像极了英国人：人就一定得是这样；东西闻起来就必定得是没有问题；事情的进展就肯定得是正常顺利的。他既无法忍受衣衫褴褛的穷人，也不能接受四肢着地趴在地上的孩子；他讨厌邮差，因为背着邮包的邮差，身子的一侧会高高鼓起，胸前还挂着照明灯。只要见到他们，不发出几声虔诚的吠声，他是断不会让那些无辜的人从眼前过去的。

他生来就信奉权威与程式，排斥精神探

他的心底始终抱着一种愿望，希望可以接近猫

"To the end he cherished the hope that he would reach the cat,"

诺奖童书

不发出几声虔诚的吠声，他是断不会让那些无辜的人从眼前过去的

"He would never let the harmless creatures pass without 'religious barks.'"

险，然而他的内心深处似乎又隐藏着某些别出心裁的、超越一切规章的古怪念头。譬如说吧，他不愿意跟在马车或马匹的后面，倘若我们试图让他这么做，他便立马拨转身子回家。到家后，他就坐在那儿，鼻孔朝着天，鼻腔里还发出一种无比悲哀而刺耳的声音。另外，棍子、拖鞋、手套，或者是任何他能拿来玩耍的物品，你可千万不能将它们放到谁的脑袋上——这样的一个动作会让他立刻变得狂躁不安。

可悲的是，这么保守的狗狗，他的生活

诺奖童书

"Emitting through it a most lugubrious, shrill noise."

鼻腔里迸发出一种无比悲哀而刺耳的声音

真是动荡无序。他虽然从来没有用言语抱怨我们多变多动的恶习，只要嗅到有人整理行囊，他就会把脑袋歪侧着搁在左脚上，下巴紧紧地贴住地面。有什么必要——他似在不断地发问——真有什么必要如此这般地变换住处吗？我们大家都在一起，昨天、今天跟明天都没有变化，这样我也清楚地知道自己身在何处——可如今，只有你们清楚下一步会发生什么；至于我——我根本就不知道下一步我还会不会跟你们在一起！每当这种时候，在他潜意识的深处会出现多少稀奇古怪、哀伤无奈的念头，他既不愿意面对现实，又在拼命地揣测着未来。不小心说出的一个字，语音中流露出的一丝怜悯、悄悄收拾靴子时发出的窸窣声、本该敞开的某扇门怎么一反常态被关上了、一直摆在楼下房间的某个物件怎么不见了踪迹——只要有一丁点儿风吹草动，他就能够断定这回自己怕是不能一起出门了。他拼命拒绝不愿面对现实，就像我们竭力躲避那些难以忍受之事；他不再存有希望，却并不放弃努力，用他所知的唯一的方式表达自己的抗争，时不时地发出一声沉重的叹息。你可知道狗的那些声声叹息！较之我们同类发出的叹息声，狗的叹息能够更强烈地直击心灵，因为这种声息完全是无意识发出的，叹息的发出者根本不知道自己的叹息是怎么从身体内溜出来的！

听到有人以不容置疑的口吻说了句“行啦——你也去！”，他的眼中会立刻升腾起一种喜忧参半、半信半疑的神情，尾巴也会轻轻摆动一下。这句话不会让他疑虑顿消，也不会让他改变没必要这么折腾的想法——直到马车到来。马车一来，他便飞一般从大

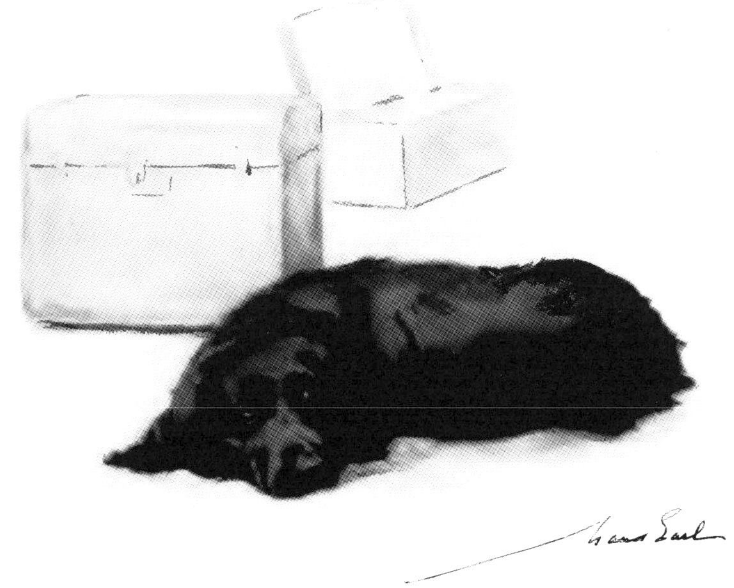

只要嗅到有人整理行囊，他就会把下巴紧紧地贴住地面

"Chin very hard against the ground whenever he smelled packing."

门或窗户一跃而出，神情严肃地藏身于马车底部，决不朝那个一脸羡慕的车夫看上一眼。一旦在我们脚边安顿下来，他就泰然踏上旅程，但胃口全无。

对家门之外的人类世界，我估计没有哪只狗会像他那样毫不在意；可是，没有几只狗能比他更讨人喜欢——尤其是受到陌生女子的喜爱，但他对人家则习惯摆出一副视而不见的架势——这真叫人灰心泄气。不过，他倒是交了一两个特定的朋友，譬如：本书敬献的那位先生，还有几个他以前曾经见过

藏身于马车底部

"Would be found in the bottom of the vehicle."

的人。不过，总体而言，在他的人类世界中，只存在一个女主人，还有——全能的神。

为了让他保持健康，也为了满足其世代沿袭的本能，在他六岁之前，每年的八月，我们都会送他去苏格兰参加狩猎活动。那种时候，他会十分轻柔地衔回来许多禽鸟。有一回，命运之神迫使他不得不在那里滞留了近一年时间，后来，我们亲自过去接他回家。我们沿着长长的小道，朝他的临时看护人住的小屋方向走去。正值仲秋季节，已经下过霜了，地面上到处是红色和黄色的落叶，煞是好看。我们很快看到了他，他走在他亲爱的监护人前头，鼻子非常内行地在落叶中探寻，像极了一位认真沉稳、卓尔不群的职业猎手。他的身子不太胖，毛色乌黑发亮，两耳轻微晃动，活像一位个子矮小的苏格兰高地男人。我们悄悄地走近他。突然，他从想象中的踪迹或气味中抬起鼻子，直朝我们跟前冲来。就像一件外衣从人的身上瞬间脱落，刚才的冷静持重从他的身上彻底消失了，转瞬之间，他变得急不可耐，无比热切。他一跃而起，扑向我们，没有一刻迟疑，没有一丝惆怅。那些善良的人，照料了他整整一年的时间，白天给他喂食抹好黄油的燕麦饼，夜里由着他想睡哪儿就睡哪儿，如今要离开人家了，他竟没有发出一声叹息，没有回头哪怕再看上一眼，没有表现出一丝的感激，没有一丁点儿的不舍与留恋。没有，他就那样义无反顾往前走去，他紧贴在我们身边，竭尽所能地靠近我们，就好像是用意念拽着我们前行，甚至连路上的气味他都无心关注，就这样，直到从小屋的门口走过。

严格地说，这种行为完全是任性反常的，

也许与他在远离我们的这一年中所经历的有一定关系。于是，对于猎杀禽鸟和别的动物这种事，我突然之间产生了强烈的难以抑制的嫌恶与反感。我知道，只要等这些动物已经没了生命，他就会表现得爱不释手。我一直觉得他不是个当猎手的料。第一次带他上场时他还只是个稚气未脱的小家伙，为了不致发生意外，我用带子将他拴在腰间。每次，我刚瞄准了准备开枪，他都会谨慎地把我拽开。人们告诉我，他的鼻子长得很可爱，嘴巴也十分完美，个头最大的野兔刚好可以被

非常内行地在落叶中探寻

"Professionally questing among those leaves."

他会十分轻柔地衔回来许多禽鸟和野兔

"Where he carried many birds and hares in a very tender manner"

轻轻地衔住。这一点我当然相信，我还记得他妈妈的品性才能，而在性情安稳方面，他可是远胜其母。年复一年，他对死松鸡、死禽鸟和死兔子变得越发热衷，而我却越发地不喜欢它们失去生命。这是我俩之间唯一的真正的分歧所在，我俩都选择对此视而不见。啊，对了！我这人不具备说话算数这一特定的习惯，而这种习惯对于培养狗狗让其具有狗的德性是不可或缺的，因而我必定损毁了他狩猎的潜质，每每想到这一点，我还是深感欣慰的。当然，那些清新凉爽的早晨，看到他微微颤抖、十分警觉的身子，看到他急迫而严肃的神情，我知道因为有相互的陪伴，我们彼此的生命中增添了多少欢乐。这种快乐，犹如鸟翼与猎枪的相遇相碰给猎手带来的无与伦比的愉悦，如同对大自然近乎天然的喜爱，对蓝天映衬下鲜嫩柔亮的枝叶、白桦的茎干、细小树枝的纹理的热爱，对树液、野草、树胶和石楠花的芳香的无比贪恋。只要有一丝声响，他的毛发便敏锐地骤然作出反应，他膝下的那片蕨草或苔藓，他背靠的那根树干，即刻间便会感应到一阵奇特的震颤。

冥冥之中，命运之神为我们每一个人都预备了某种感念。这种感念盘踞在内心深处，不容小觑，难以逃避。想都别想，试都别试！不过，一个人怎么会讨厌逃避自己深切感悟的美好情感呢？那些从未体会过这种奇妙快乐的人，就让他们举手反对吧——我可是求之不得。如果能够，也许我还是会去体悟的。那些长着翅膀或皮毛的生灵，当它们生命的喜乐叩动你的心灵之门，你便会油然而生这样的念头：只要扣动一片小小的铁片，这些生灵生命的喜乐就将彻底消失，于是便心生

诺奖童书

我刚瞄准了准备开枪，他都会谨慎地把我拽开

"Carefully pulling me off every shot."

不忍。你称之为多愁善感也罢，胆小脆弱也罢，抑或是无病呻吟、伤感脆弱也罢，随你怎么说吧——反正这样的人更加健全！

是啊，在你闭上一只眼睛瞄准之后，就会有一只禽鸟张大嘴巴痛苦地缓缓死去，或是一只兔子拖着一条残腿逃进洞穴。接下来的几个小时中，受伤的兔子会躺在洞穴里，痛悔自己受到那片蕨类植物的引诱，并发誓从今往后再也不靠近那里——那以后，就是下面的简单算术题：假设所有射出的子弹，其命中率都在“中等偏上”——上天知道，事实从来都不是这样的——起码有四分之一的目标没有被打中，而且不是完全没有被打中；这样的话，在一百只猎物中，如果七十五只被打中而死，剩下的二十五只也是射击的目标，而在那二十五只中，有一半即十二点五的猎物身体某个部位“被击中”，“有可能”面临缓慢地死去的命运。

就是因为这个数字，我俩的生活中出现了唯一的分歧。于是，随着他年岁渐长，我俩从此便再也没有分开，他也再没去过苏格兰。但此后，尤其是在听到枪声响起时，我时常感觉到他身上最优质也是最隐秘的本能被抑制了。可是，有什么办法呢？他对泥鸽[1]的碎片没有一丁点儿的兴趣——那气味对他也毫无意义。不过，即便是在最清闲、最受宠溺、被照顾得无微不至的日子里，他都会将特殊气味的东西衔回来，在这一点上，他始终保持着职业猎手高度的职业操守。他还利用板球之类的消遣方式聊以自慰，在板球游戏中，他表现出的专业精神。从球离开投球手的那一刻开始，他便紧紧地追着它跑，有时候不等球到达击球手那儿他就将它抢了

1. 泥鸽（clay pigeon），练习射击用的泥制盘形飞靶。

回来。一旦受到训诫，他总会伸出粉红色的舌头，思考片刻，两眼却依然万分急切地盯着球，然后会慢步跑到靠近投球手、同时离击球手又不远的外场手位置。为什么每次他都会选择那个特定的位置呢？这很难说。或许没有任何其他的地点更有利于他潜伏，因为在那个点，击球手的眼睛不会盯着他，投球手的注意力也不太会在他那儿。作为外场手，他堪称完美，但偶尔也会自以为是，认为自己不单是外场手，还同时兼具三柱门右侧守场员、控球手、投手左侧外场员及守门员的职责；也许，那球往往也会变得有点儿“涩沉”[1]。但他的表现精彩异常，他不会疏忽场上的任何一点变化；他对比赛了如指掌，一旦他得了球，通常不消三分钟就会得分。万一真的丢了球，那他随后真的会竭尽全力去争取主动。虽说一声不出，但他的那种狂野与气势足以让许多灌木遭殃。然后，随着重新掌控局面，他会显出一副郑重其事、心满意足的模样。

然而，他最为热衷、最乐此不疲的还是游泳。当然不是在海水中，他对那难听的海

1. 原文为“jubey”，古英语，主要为英国人所用，含义为“heavy”，“thick”。此处表示，球因小狗的多次衔动，被其唾液沾湿而变得“涩沉”。

浪声和咸涩的海水味，可毫无兴趣。此时此刻，我仿佛还能看到他在水中扑腾的情景，脸上露出“世界已然毁灭”的惊恐之色，正奋力朝着我手中的拐棍游过来。他不过是一只体型稍大的小狗，其个头不足以展示英勇气概，因此他在水中除了自己的小命，从来没有拯救过他人的性命——有一次，在一处黑乎乎的鳟鱼小溪中，他差点儿被水流冲入一个隐藏于卵石间的黑洞，而那一幕就发生在我们的眼皮底下。

自然的渴望，春心荡漾——怎么称呼都

从球离开投球手的那一刻开始，他便紧紧地追着它跑。

"Following the ball up the moment it left the bowler's hand,"

一旦受到训诫，他总会思考片刻

"When remonstrated with, he would consider a little,"

行——是人类与犬类均难以摆脱的本性，他倒是似乎并没有被这东西彻底控制。但是，我们依然不难看到，这种自然的渴望与他对我们的忠诚时常在他的内心深处不断抗争。看着这无声的挣扎，我不止一次地思索：也许，我们将人类的文明无可非议地强加于他，我们仔细费心地促使他把对我们的爱深植于内心，并由此取代了他内心原始、自然的渴欲。他就像一个男人，天性中渴望一夫多妻，而事实上只与一个深爱的女人缔结婚约。

罗弗[1]之所以成为最常见的狗名，肯定

不是没有原因的。要不是因为我们心里有挥之不去的担忧，生怕失去某种连我们自己都不愿承认的内心所渴望的东西，我家的狗也会用这个名字的。有一位先生曾经这样说过：勇气和虚伪，这是两种截然相反的人性特征，但它们又是盎格鲁－撒克逊人身上同时存在的两个基本特征，这听起来多么匪夷所思！不过，虚伪不恰恰是固执不屈的产物，而固执难道不正是勇气的基础吗？虚伪，从积极的一面加以理解，不就意味着哪怕不惜一切代价也决不放弃体面？不就意味着哪怕牺牲

1. 罗弗（Rover），有“流浪者”之意。

真理也决不放弃辛苦流汗所取得的一切？因此，我们盎格鲁－撒克逊人不会给自己取名叫罗弗，我们对狗的态度也使得狗们几乎遗忘了自己的天性。

说起来，他的那一次流浪，并没有什么摆得上桌面的缘故，而他在这一过程中的具体经历，自然也将成为永远的谜团。那事发生在伦敦，是一个十月的傍晚。我们得知，他悄悄出了门之后，便杳无踪迹。于是，我们开始了历时四个小时揪心的寻找，那无异于要在一片漆黑的大海中找到一根黑色的小

诺奖童书

他最热爱的还是游泳

"But his most passionate delight was swimming."

针。那几个小时的万分绝望和煎熬——的确，那是真正的煎熬。心爱之物被吞没于伦敦市内迷宫般的街巷，那是何等的绝望与无助！是被人偷走了还是让车给碾了？哪种结果更加糟糕？周边的警察局都去过了，“狗之家”也通知过了，接着又将一张印刷五百份“寻找走失之狗”的招贴传单的订单交到了印刷工人的手中，街头也都悉数巡视过了！随后，我们见缝插针扒几口饭入肚，拼命安慰自己不要失去信心，就在这当儿，传来了那声吠叫，仿佛在说：“这扇门我怎么打不开！”

我们立马冲过去，看到他在门口最上面的台阶上——四肢忙碌着，一副坦然无辜样，也没有一句解释，只是表示想吃晚饭了；而紧随他而来的是那五百份“寻找走失之狗”的传单。那天夜里，妻子上楼之后，我坐在那儿，久久地看着他，不由得想起了几年前的某个夜晚，一只走失了十一天的小狗尾随我们而行的情景。我的内心犹自纠结难受，可他呢？他没心没肺，兀自酣睡入梦。

唉！还有一次，晚上，我一进家门就有人向我汇报，他出去找我了。于是，我在忐忐忑不安中返身出门，对着空旷的四周吹响平时唤他的口哨声。突然，我听到黑暗中一阵急促的跑动声，下一秒钟他已冲到了我的腿边。至于刚才他藏身何处，那只有他自己知道，他刚才一定在那儿自言自语：主人不回来我也不会回家！我怎能责怪他呢？那个活泼泼、孤零零的黑色身影匆匆穿过更加黑色的夜幕回到我的身旁，这情景真的相当诗意感人。毕竟，在平常，到了临睡时分，如果还有人没回家，他就会烦躁地对着自己的床铺又抓又扒，以示抗议，最终床就会被他整得不成样子，而那天的异常行为只不过是他平常行为的另一种表现形式而已。

虽然他的长脸神情严肃，双耳光滑柔软，但他体内还遗留着不少洞熊[1]的习性——稍受刺激，他就会在地上挖坑，但从来不往坑里填埋东西。他不是一只“聪明”的狗，不懂得要花招，也从来没有“被展示”过。我们连做梦都没想过要让他去遭受这类侮辱。难道我家的狗是马戏团的小丑、游乐场的木马、一个时髦物件、一件时装或是一顶帽子上的饰羽——竟然要把他定期禁锢到憋闷浑浊的

1. 洞熊（cave bear），远古熊属物种，古哺乳动物，也名穴熊，灭绝于约 2 万年前的冰河时期。体型远大于现代的棕熊，食肉为生，不会爬树。

他在门口最上面的台阶上——四肢忙碌着，一副坦然无辜样

"There he was on the top doorstep—busy, unashamed,"

诺奖童书

他没心没肺，呼呼大睡

He was asleep, for he knew not remorse."

大厅里，竟然要用如此庸俗无聊之举来蹂躏他对我们的耿耿忠心？他从未听我们谈起过他的血统，也从未听我们议论过他鼻子的长度或者称赞他有一副“聪明相”。如果让他嗅知到我们视他为某种财物，让他以为我们把他当作某种会给我们带来钱财或荣耀的资产，那么，我们会为自己的铜臭而深感羞愧。有人问起一只牧羊犬的年龄，那位农场主一边轻抚着那只已老态龙钟的动物的脑袋，一边这样回答：“特蕾莎（他的宝贝女儿）是十一月出生的，而他是八月份。”但愿我们

诺奖童书

黑色的身影匆匆穿过更加黑色的夜幕

"Rushing piece of blackness, through the blacker night."

之间也跟牧羊犬与农场主之间一样，拥有同样默契的心灵。那只牧羊犬已活了十八年，那天迎来了他生命中的黄道吉日。他的灵魂飘然上升，停留在厨房屋顶的黑色椽子旁，与那里的柴火烟柱一起缭绕交缠。此前，他就常常躺在厨房里主人鞋子的旁边，在那里度过了多少美好时光。

不，不行！“这只狗会给我带来什么利益？”一个人，要是他无法超越这样的想法，不能享受与狗共度时光的纯粹的快乐，那他永远也不可能体会到这种友情的真谛。那无

诺奖童书

稍受刺激，他就会在地上挖坑

"He dug graves on the smallest provocation."

关乎狗的实用价值，而是人类与无言的生灵之间的某种神奇而微妙的交融。正是因为默然无言，狗才会成为人类最好的朋友；跟他在一起，你会心平气和，而不会有言语带来的恼人的误解。他就坐在那里，默默爱着你，同时知道你也爱他。我敢肯定，对于狗来说，这是最美好的时刻；从他的眼中，可以感受到他内心对你的喜爱，他知道你的心中真的有他。然而，最为感人的是，他可以容忍你从事其他活动。我怀念的对象，他总是清楚什么时候我们会因过于专注于工作而不能如

他就坐在那里，默默爱着你

"When he just sits loving"

他所愿地靠近他陪伴他，可他从来不试图加以阻拦或干扰，也不企求关注。当然，这时的他也会情绪低落，于是，眼睛下边的那块红斑和脸颊上的皱褶——似在提醒人们他多少代以前的祖辈曾拥有少许猎犬的血统——会由浅变深，更加显眼。假如能开口说话，在那样的时刻，他或许会说："我长时间没人理睬，我也不可能一直睡觉；当然，你最了解的，我绝对不会吹毛求疵。"

如果你与其他人聊得火热，他倒一点儿都不会介意；他似乎很享受身边有人说话的声音，并且清楚人们说的话是否正常合理。譬如，他对男女演员朗诵角色台词一事就表现得忍无可忍，他会立即觉察到这与说话者内心的真实情感毫不相关。他会在屋里稍作徘徊，以示不以为然，然后会走到门口，瞪着门，直到有人把门打开放他出去。有那么一两回，有个大嗓门演员正慷慨激昂地朗诵一段煽情的台词，他走到那人跟前，无比同情地对着他大喘粗气。此外，音乐也会令他焦躁不安，他往往发出叹息，提出疑问。有时候，在音乐刚刚响起的那一瞬间，他就会跑到房间另一头的窗户旁，待在那儿期盼妈妈会出现；而通常，他会索性跑过去，趴在钢琴的强音踏板上。我们始终不懂这究竟是因为他多愁善感呢，还是因为他以为这样一来听到的音乐声会轻一点。每次听到肖邦的某一首夜曲，他总会悲声呜咽。的确，他真的相当具有波兰人的气质——欢快时欢乐万分，忧郁时便抑郁沉思。

总而言之，对于一只如他这样游历甚广的狗来说，也许，他的一生算是波澜不惊，当然也偶有不甚平常的时刻。譬如，他曾从

诺奖童书

Maud Earl

他会索性跑过去，躺在钢琴的强音踏板上

"He would simply go and lie on the loud pedal,"

四轮马车的窗口一跃而出，跳到肯辛顿[1]的马路上，也曾一屁股坐到一条达特姆尔高原蝰蛇的身上。那次幸亏是某个星期日的下午——与所有的生物一样，蝰蛇恰好也懒得动弹，所以什么事都没发生，后来，是一位走在他身后的朋友用脚上的大靴子把他从蝰蛇的身上提溜了起来。

多么希望能更多地了解他的私密生活——更多地了解他与他的同伴之间的关系！我猜想，在同类的眼中，他始终是比较神秘的。他拥有许多关于人类的想法，这些

1. 肯辛顿（Kensington），英国伦敦市肯辛顿和切尔西区一地名。

想法他都无法与任何一个伙伴分享，而且他天性好吹毛求疵，当然女士不在其列。对女士，他总是宽宏有加，保持着骑士般的侠义与礼貌，而她们对他却是动辄厉声呵斥。不过说起来，他倒是有过一段持久的风流韵事，对方是同村一位毛色赤褐的狗姑娘，与他完全不属同一社会等级，不过那姑娘身体健全，柔情脉脉的双眸如斯芬克斯一般神秘难测，年龄也许稍微偏大了一点。唉！他俩的宝宝，这个尘世容不下他们，降生不久便夭折了。

他也不好斗；但是，一旦受到攻击，他

便会丧失判断力，无法分辨什么狗他能完胜，什么狗他根本不是人家的对手。事实上，不如一上来就加以干涉，尤其如果对方是猎犬的话。年轻时，一只猎犬曾从背后袭击过他，这段经历他从没忘记。是的，敌人，他是一辈子都不会忘记、也不会宽恕的。就在那个我不愿提及的伤心日子的前一个月，尽管那时他已经风烛残年，病体衰弱，但还是与一只爱尔兰小猎犬英勇作战，并且大败对手，原因就在于他一直耿耿于对方的傲慢无礼。瞧这场战斗让他多么精神振奋！他当然不是

从四轮马车的窗口一跃而出，跳到肯辛顿的马路上

"Through the window of a four-wheeler into Kensington."

基督徒，但考虑到狗的本性，他绝对称得上狗中绅士。我真心认为，现如今，大多数活在世上的男人最终挥别人生时都宁愿被称作绅士而非前者。因为以托尔斯泰对“基督徒”一词的理解——我们这个时代还没有涌现出如托翁一般富有逻辑和热爱真理的人士，没人能给它下一个清晰明确的定义——做个基督徒——这（说句真心话）与西方男子的血脉不相符——其实就是做个绅士！这话听起来大相径庭，不过也许这才是力所能及的。不管怎样，在他的身上，你找不到卑鄙无聊、吝啬小气和凶狠残忍，而且尽管偶尔也达不到他自己心目中的理想境界，可他眼中的真诚从不消失，内心的忠诚也从未改变。

哦！多少记忆涌上心头，带给我们对那些一去不返的美好日子的无尽回味！有过多少欢乐时刻，多少美妙瞬间，多少痛苦努力，又有过多少沮丧失落、多少恐惧担心的时日，有他——我们那一身黑毛的亲密家人——与我们一同经历；因为日夜相伴，朝夕相处，我们欢乐同享，痛苦共担！他陪伴我们出门散步的次数何止千万，直到现在，我们还会

他已经风烛残年，病体衰弱，但还是与一只爱尔兰小猎犬英勇作战

"Being very old and ill, he engaged an Irish terrier"

不由自主转过身去，看看他是否还在身后，一边踩着轻快的步伐，一边留神观察着周边难辨的乡间小径。

这些默默无语的朋友，他们离我们而去。分离之苦之所以让我们难以忍受，那是因为他们的离去带走了我们生命中许多的年华。然而，只要他们能在我们身边寻得温暖，有谁会不愿让他们享有与我们相伴相守的岁月？他们从我们这儿索取的，不过是四肢伸展、下巴贴地地稍事安睡；再说了，不管他们索取的是什么，那一定是他们理应获取的。

他们是否像我们人类一样，也会明白自己时日有限？是的，有时候，他们是明白的；否则我无法解释在他生命接近尾声之时的某些时刻：他会用前肢支撑住身体，好几分钟一动不动静静地坐着——脑袋耷拉着，孤独而默然；随后，他的眼睛转过来，默默地看着我。那眼神胜过千言万语：“是啊，我知道，我得走了！”如果说我们的灵魂不会消逝——那他们的同样不会；如果说我们离世之后会记得自己尘世间的日子——那他们也同样记得。我相信，真正热爱真理之人决不可能对此贸然下结论——意识会是永存还是消亡——对于狗与人类来说，究竟哪个才是真的。只有一点是毫无疑问的——为这一永恒的问题永远纠结的那份童心。唯一可能的就是，不管是哪种可能，只有一种是正确的。我知道，他也感知到了这一点；不过，跟他的主人一样，他也属于被称之为悲观者的那一类。

我的妻子告诉我，他离开之后曾经回来过一次。那是旧年的除夕之夜，正在她独自伤心之时，他来到了她的身边。他黑色的身体清晰可见，从窗户尽头绕过餐桌，走到餐桌底下他通常的位置，在她的脚边停下。她非常真切地看到了他，她听到了他的爪子和脚指甲轻轻敲击地面的声响，她还感受到了他的身子拂擦到她的裙摆时传递过来的体温。当时她还以为他会安然在她的脚面坐下，可是，什么东西惊动了他。于是，他贴在她身边站起身来，迟疑片刻，随后，又走到那个我平时常坐而那天晚上却空着的位置。她看到他站在那儿，似在思考什么；随后，传来某种声响或是笑声，她回过神来，渐渐地，

诺奖童书

我们还会转过身去，看看他是否踩着轻快的步伐跟在身后

"So that we still turn to see if he is following at his padding gait."

渐渐地，他不见了。那是他与我们共处多年中的最后一年的最后一个夜晚，这个时候，他是不是有什么信息要传递给我们，是不是有什么建议想给我们提，或者有什么话要对我们说？他还会回来吗？

他长眠的地方没有墓碑。他的一生铭刻在我们的心头。

于一九一二年

诺奖童书

第一辑

1. 许愿树　〔美〕威廉·福克纳
2. 夜莺之歌　〔法〕勒克莱齐奥
3. 树国之旅　〔法〕勒克莱齐奥
4. 如梦初醒　〔英〕高尔斯华绥
5. 我的小狗　〔英〕高尔斯华绥
6. 爱尔兰童话故事　〔爱尔兰〕叶芝
7. 原来如此的故事　〔英〕吉卜林
8. 丛林故事　〔英〕吉卜林
9. 红襟鸟　〔瑞典〕塞尔玛·拉格洛芙
10. 蜜蜂的生活　〔比利时〕梅特林克